Para Marta e Irati, el resto del equipo.

Edita:

a PiLa
E D I C I O N E S

C/ Mosén Félix Lacambra, 36 B,
50630, Alagón, Zaragoza

Primera edición: marzo de 2016

ISBN: 978-84-943476-4-1
DL: Z 248-2016

© Texto e ilustraciones de Ernesto Navarro

www.apilaediciones.com
apila@apilaediciones.com

Impreso en Gráficas Jalón, Alagón, Zaragoza.

Para las ilustraciones de este libro, Ernesto Navarro utilizó técnicas digitales.

SPIDERCAT

ERNESTO NAVARRO

Un buen día nació
un gatito rojo y azul.

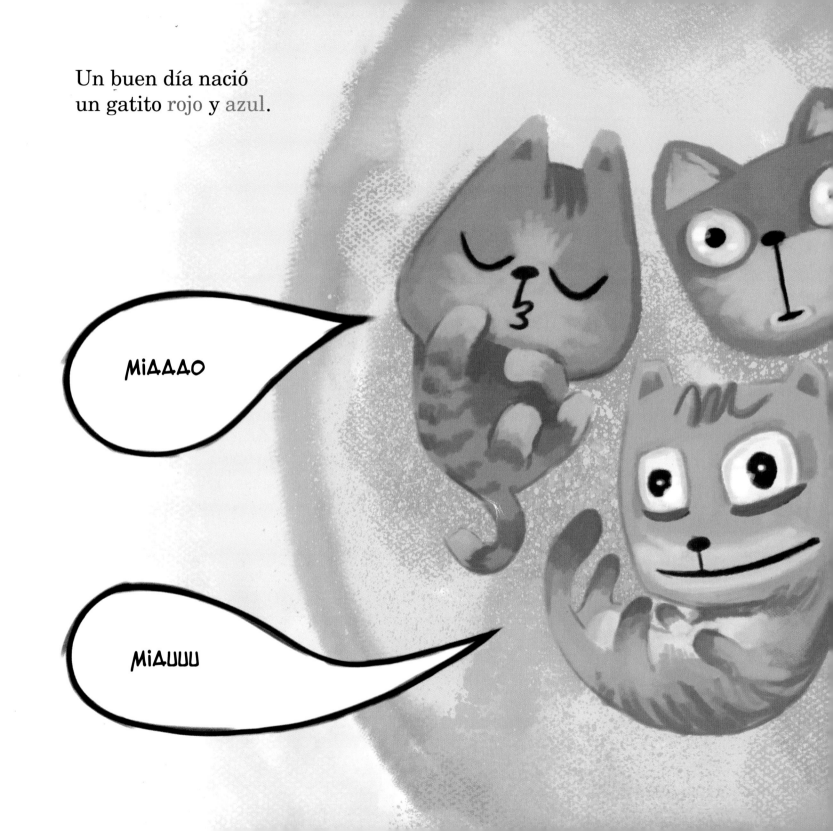

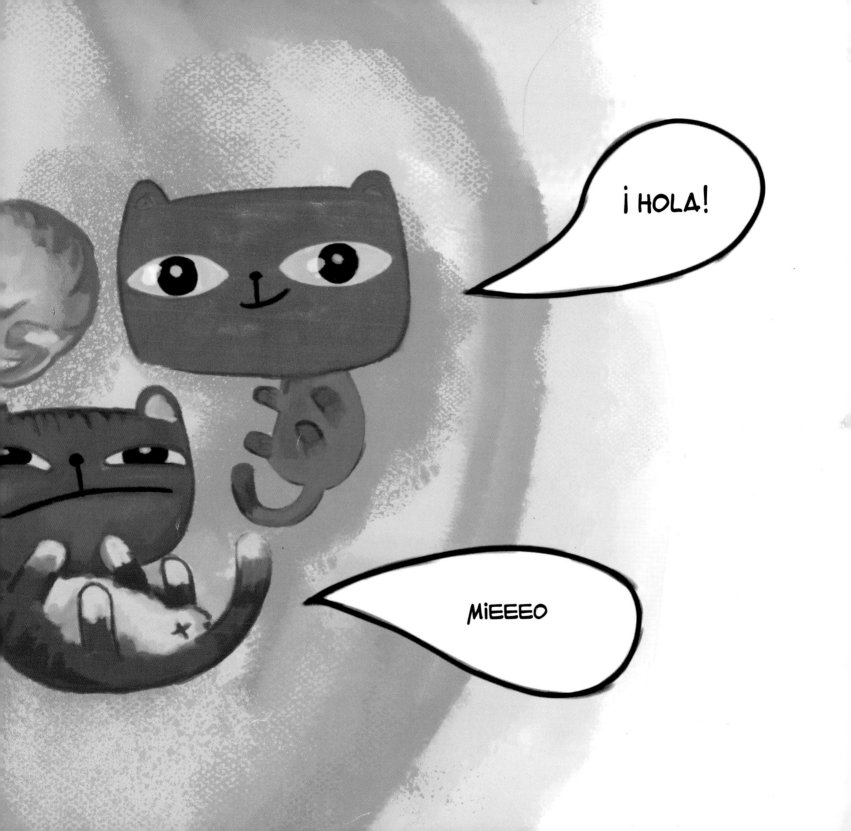

Su dueño lo llamó SpiderCat.

¡EL GATO ARAÑA! TÚ TENDRÁS SUPERPODERES.

ni saltando...

¡PUES SALTA TÚ, YA QUE SABES TANTO!

Tampoco era bueno en las acrobacias.

Al revés que todos los gatos del mundo,
siempre caía

¡ al revés !

Su dueño estaba avergonzado de SpiderCat.

A pesar de todo, quería impresionarlo de algún modo,
pero no sabía cómo.

La verdad es que
no fue una buena idea.

En la calle, los demás gatos
se mostraban recelosos ante SpiderCat.

El pobre SpiderCat se encontraba muy solo.

Hambriento, encontró el rastro
de un magnífico aroma.

Y así comenzaron las "fabulosas" aventuras de SpiderCat.